ALGARABÁ EN LA GRANJA

Para Richard Scholtz; ¡bailo cada vez que él toca! — M. R. M.
Para mi amigo Serge — S. F.

Barefoot Books
2067 Massachusetts Ave
Cambridge, MA 02140

Derechos de autor del texto © 2005 de Margaret Read MacDonald
Derechos de autor de las ilustraciones © 2005 de Sophie Fatus
Traducido por María A. Pérez.
Se hace valer el derecho moral de Margaret Read MacDonald a ser identificada
como autora e de Sophie Fatus a ser identificada como ilustradora de esta obra
Vocales principales por Javier Mendoza

Publicado por primera vez en 2005 en los Estados Unidos de América con el título
A Hen, A Chick and A String Guitar por Barefoot Books, Inc
Esta edición en pasta blanda en español con CD fue publicada por primera vez en 2019
Todos los derechos reservados

La composición tipográfica de este libro se hizo en Bembo Schoolbook y en Cerigo Bold
Las ilustraciones se hicieron con pinturas acrílicas y pasteles
Diseño gráfico por Barefoot Books, Bath, Inglaterra y por Judy Linard, Londres
Separación de colores por Bright Arts, Singapur
Impreso y encuadernado en China en papel 100 por ciento libre de ácido por Printplus Ltd

ISBN 978-1-78285-858-4

Los datos de catalogación y publicación de la Biblioteca del Congreso
se encuentra en LCCN 2008037946

1 3 5 7 9 8 6 4 2

 Visita *www.barefootbooks.com/algarabia*
para acceder al audio de tu cuento en línea.

ALGARABÁ EN LA GRANJA

Basado en un cuento del folclor chileno

escrito por Margaret Read MacDonald

ilustrado por Sophie Fatus

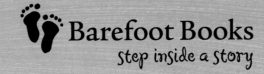

Barefoot Books
step inside a story

Abuelo me dio una gallina.

¡Clo! ¡Clo! ¡Clo! ¡Clo! ¡Clo! ¡Clo!

¡Ay! ¡Ay! ¡Ay! ¡Roja gallina!
¡Clo! ¡Clo! ¡Clo! ¡Clo! ¡Clo! ¡Clo!
Y esa gallina
me dio un pollito.
Tengo una gallina.
Tengo un pollito.

¡Ay! ¡Ay! ¡Ay! ¡Ay! ¡Ay!
Ya tengo dos animales.

Abuela me dio una patita.

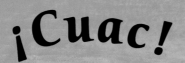

¡Cuac! **¡Cuac!**

¡Cuac! **¡Cuac!**

¡Ay! ¡Ay! ¡Ay! ¡Blanca patita!
¡Cuac! ¡Cuac! ¡Cuac!
Y esa pata
me dio un patito.

Tengo una pata.
Tengo un patito.
Tengo una gallina.
Tengo un pollito.

¡Ay! ¡Ay! ¡Ay! ¡Ay! ¡Ay!
Ya tengo cuatro animales.

Tío me dio una gatita.

¡Miau! ¡Miau! ¡Miau!

¡Ay! ¡Ay! ¡Ay! ¡Gata amarilla!
¡Miau! ¡Miau! ¡Miau!
Y esa gata
me dio un gatito.

Tengo una gata.
Tengo un gatito.
Tengo una pata.
Tengo un patito.
Tengo una gallina.
Tengo un pollito.

¡Ay! ¡Ay! ¡Ay! ¡Ay! ¡Ay!
Ya tengo seis animales.

Tía me dio una perrita.

¡Guau! ¡Guau! ¡Guau! ¡Guau!

¡Ay! ¡Ay! ¡Ay! ¡Qué perra tan negra!
¡Guau! ¡Guau! ¡Guau!

Y esa perra
me dio un perrito.

Tengo una perra.
Tengo un perrito.
Tengo una gata.
Tengo un gatito.
Tengo una pata.
Tengo un patito.
Tengo una gallina.
Tengo un pollito.

¡Ay! ¡Ay! ¡Ay! ¡Ay! ¡Ay!
Ya tengo ocho animales.

Hermano me dio una ovejita.

¡Bee! ¡Bee!

¡Ay! ¡Ay! ¡Ay! ¡Blanca ovejita!
¡Bee! ¡Bee!

Y esa oveja
me dio un cordero.

Tengo una oveja.
Tengo un cordero.
Perra... perrito.
Gata... gatito.
Pata... patito.
Gallina... pollito.

¡Ay! ¡Ay! ¡Ay! ¡Ay! ¡Ay!
Ya tengo diez
animales.

Hermana me dio una cerdita.

¡Oinc! ¡Oinc! ¡Oinc! ¡Oinc!

¡Ay! ¡Ay! ¡Ay! ¡Cerda rosada!
¡Oinc! ¡Oinc! ¡Oinc! ¡Oinc!
Y esa cerda
me dio un cerdito.

Tengo una cerda.
Tengo un cerdito.
Oveja... cordero.
Perra... perrito.
Gata... gatito.
Pata... patito.
Tengo una gallina.
Tengo un pollito.

¡Ay! ¡Ay! ¡Ay! ¡Ay! ¡Ay!
   Ya tengo doce animales.

Mamá me dio una vaquita.

¡Muu! ¡Muu!

¡Ay! ¡Ay! ¡Ay! ¡Qué vaca café!
¡Muu! ¡Muu!
Y esa vaca
    me dio un becerro.

Tengo una vaca.
Tengo un becerro.
Cerda... cerdito.
Oveja... cordero.
Perra... perrito.
Gata... gatito.
Pata... patito.
Gallina... pollito.

¡Ay! ¡Ay! ¡Ay! ¡Ay! ¡Ay!
Ya tengo catorce animales.

Papá me dio una yegüita.

¡Hin! ¡Hin!

¡Ay! ¡Ay! ¡Ay! ¡Qué yegua tan gris!
¡Hin! ¡Hin!
Y esa yegua
me dio un potrito.

Tengo una yegua.
Y tengo un potrito.

Vaca... becerro.

Cerda... cerdito.

Oveja... cordero.

Perra... perrito.

Gata... gatito.

Pata... patito.

Tengo una gallina.
Y tengo un pollito.

¡Ay! ¡Ay! ¡Ay! ¡Ay! ¡Ay!
Tengo dieciséis animales.

Mi amigo me dio una guitarra.

¡Tran! ¡Tran!

¡Tran! ¡Tran! ¡Tran!

¡Ay! ¡Ay! ¡Ay! ¡Linda guitarra!
¡Tran! ¡Tran! ¡Tran! ¡Tran! ¡Tran!

Y cada vez que la hago sonar,
mis animales vienen a bailar.

La yegua baila;
el potro baila.

La vaca baila;
el becerro baila.

La cerda baila;
el cerdito baila.

La oveja baila;
el cordero baila.

La perra baila;
el perrito baila.

La gata baila;
el gatito baila.

La pata baila;
el patito baila.

La gallina baila;
el pollito baila.

Todos bailan,
y yo también.

¡Ay! ¡Ay! ¡Ay! ¡Ay! ¡Ay!
Aquí están mis animales.

FUENTES

Este cuento se inspiró en el libro *Folclor Chileno* de Oreste Plath (Santiago: Nascimento, 1969). También se encuentra un texto parecido en *Folklore portorriqueño* de Rafael Ramírez de Arellano (Madrid: Centro de Estudios Históricos, 1926). El relato aparece en forma de canción popular en *Folktales of Mexico* de Américo Paredes (University of Chicago Press, 1970). El narrador de cuentos chileno, Carlos Genovese, nos informa que hay varias versiones de este cuento en Chile y en América Latina. Por lo general, el niño tiene una moneda de real y medio con la que comienza a comprar animales. En este libro se han tomado ciertas libertades con el relato para crear una versión infantil divertida y juguetona. En algunas partes, el relato parece ser una canción popular y, en otras, una sencilla narración. La artista eligió un ambiente andino aimara para ilustrar el cuento. El pueblo aimara vive en el extremo nordeste de Chile.

Para la partitura de la música de este libro, favor visitar nuestra página web.